Helmut Mattern

Des isch domm g'laufa

Schwäbisches zum Lesa, Lacha ond Nochdenka

Helmut Mattern

Des isch domm g'laufa

Schwäbisches zum Lesa, Lacha ond Nochdenka

Illustrationen von Ursula Schostok

Hohenloher Druck- und Verlagshaus Gerabronn

3. Auflage 2001

Herstellung: Hohenloher Druck- und Verlagshaus Gerabronn

Printed in Germany
ISBN 3-87354-254-4

Inhaltsverzeichnis

Vorwort

An meine Leser,

danke, daß Sie mei Büchle uffg`schlaga hen!

`s gibt zwor scho viele schwäbische Sächla zom Lesa,

– aber meins hot no g`fehlt!

I möcht bloss oins mit meim Büchle erreicha:

dass Sia a bissle lachet oder au bloss schmunzlet ond

– au des wünsch i mir – manchmol a bissle nochdenket.

Onser Welt – ganz b`sonders onser Ländle – isch schee,

ond `s Leba isch lebenswert!

Viel Freud beim Lesa oder Vorlesa.

Euer

Was mr em Ländle so hört

Was brengt ons 's neue Jahr?

Des isch a Frog, die wird wohl gstellt,
Von viele Menscha uff dr Welt.

Wenns an Silvester blitzt ond knallt
Ond überall „Prost Neujahr" schallt,
Ond jeder wünscht oim „a guats Neus"
Mit guate Vorsätz massaweis,
Die koiner hält, des isch doch klar,
No isch dr 1. Januar!

`S neu Jahr isch do, doch was wird's brenga?
Was wird oim miss- ond was gelinga?
Es liegt geheimnisvoll verborga
Frohsinn - Lacha - Kummer - Sorga!

Doch ois isch schee ond wunderbar,
Weil des jahrtausendlang so war,
Wird's au en neua Frühling geba
Ond überall kommt neues Leba.

Es werdet wieder Wiesa blüha
Ond Vögel wieder zu ons zieha.
'S ganz Leba wird ons neu geschenkt,
Des hot dr Herrgott so gelenkt.

Natürlich gibt's au Sturm ond Rega
Für Natur ond Mensch zom Sega!
Dr Jahreslauf, er bleibt net steha,
Mensch ond Natur müaßt weitergeha.

D'Saat goht uff, no isch's soweit,
Endlich kommt dia Sommerzeit!
Jetzt send Feria - Kenderjubel!
Überall em Land isch Trubel.

Älle Schula send jetzt zua,
Bäcker, Metzger hend jetzt Rua.
Blos d'Natur, dui kennt koi Paus,
Älles wachst en Saus ond Braus.

D'Saat gedeiht ond d'Erntezeit,
Dui isch jetzet nemme weit.
Korn ond Rüaba, Obst ond Wei,
Älles kommt en d'Scheura nei.

D'Felder, d'Wengert send z'letscht leer,
Send vom Rega nass ond schwer.
Zeit isch für dr Erntedank,
Für äll dia Speisa, für dr Trank.

Des Johr legt langsam sich zur Rua,
Sachte treibt's em Wenter zua,
Dia Dag wernd kürzer, 's Johr will enda,
'S isch wieder Zeit zom d'Kerz a'zenda,
Ond dankbar zu der Krippe z'geha,
Wo einst des Wunder isch gescheha.
Weil Gott als Mensch gebora war
Kannsch du getrost en's „Neue Jahr"!

Wahrheit! - Was isch des?

A jeder Mensch kennt des Problem:
Die Wahrheit isch oft obequem!
Secht mr's grad raus ond schnörkellos,
Glotzt mancher bloß verständnislos

Ond hot a Wuat ond hot Verdruß,
Wenn 'r was wohr isch, höra muß.
Duat mr d'Wahrheit älls omschreiba,
Vielleicht a bißle ontertreiba,

So daß dr Ander net verschrickt,
Au des isch manchmol scho mißglückt.
Wia mr's au macht, mr macht's verkehrt,
So wia des G'schichtle ons jetzt lehrt.

I verzähl's euch o'scheniert,
Was vor kurzem isch passiert:
A Chef, der jahrelang bloß gschafft,
Der hot sich endlich aufgerafft.

Er will drei Woche sich erhola,
Sei Doktor hot's em arg empfohla.
Kaum isch der Ma am Bodasee,
Er hockt grad bei seim Morgatee,

Schickt d'Sekretäre, 's Freilein Flax,
En äller Früh a Telefax.
Do stoht bloß druff: "Ihr Katz isch tot."
Dr Chef wird bloich, no puterrot.

Er ruaft glei a beim Freilein Flax
Ond secht: "I glaub, sia hend an Knax!
A schlechta Nachricht, so wie die,
Erfordert viel Diplomatie.

So ebbas ghört net gradraus g'sagt,
Sia hend do oifach z'wenig Takt!
Zom Beispiel wär's a guate Sach,
Sia faxet: D'Katz hockt uff em Dach!

Ond oi Stond später - s nächste Schreiba:
Ihr Katz konnt mr vom Dach ratreiba.
Dia nächst Notiz, au noch ra Stond:
Ihr Katz ward bissa vom a Hond.

Ond noch ra Stond könntat se schreiba:
Ihr Katz muaß no beim Tierarzt bleiba.
Ond zwoi Stond später, Freilein Flax,
Do schickat se nomol a Fax.

Ond do stoht druff - 's isch zwar net schee,
Mei liaber Chef: Ihr Katz isch hee!
I hoff, 's goht en ihrn Schädel nei,
Daß sowas taktvoll gsagt muaß sei.

Ond des beherzigt 's Freilein Flax.
D Woch druff schickt se nomol a Fax,
Ond schreibt: "'S isch wieder so a Sach,
Jetzt hockt ihr Muater uff em Dach!"

Em Stadio

Was packt dia Menscha ond dia Massa,
Wenn se am Samstag-Mittag lassa,
An Ball -schwarz/weiß mit 2 Atüder,
Auf einem grünen Rasen nieder.

I denk mir, des isch wohlbekannt
Em ganza deutscha Vaterland:
Wenn dieser Ball ruht in dem Grase,
Wenn aufgepumpt die Fußball-Blase,
Wenn jeder trinkt noch schnell sein Bier -
Dann ist es Samstag um halb vier!

Und dann geht's los - vom Bayernland
Bis Hamburg an der Waterkant.
Der arme Ball, es ist zum Weinen -
Er wird mißhandelt von viel Beinen.

Jedoch, es sind dies edle Beine!
Sie kosten viele, viele Scheine!
Oi Beispiel bloß, mr sott's net glauba:
Es tat sich in die Höhe schrauba,
Um mit dem Kopf den Ball zu tippen,
Ein Spieler, - fiel dann auf die Rippen.

Hat dann den linken Fuß geprellt.
Es stürzte ein die Fußball-Welt!
"Mein Gott, wie war nur so was möglich?"
Verzweifelt fragte "Bild" dies täglich.

"Ein solcher Mensch! - Man sollte beten,
Daß er den Ball kann wieder treten!
Sonst brauchen wir dich nicht, oh Gott!
Doch hilf uns hier aus dieser Not!"

Der arme Spieler hat, ich weiß,
Viel Geld kassiert für diesen Scheiß!
Jedoch egal, es sei, wie's ist,
Und spielen sie den größten Mist,
Man muß doch auch mitschwätzen können,
Weshalb die manchesmal so rennen.

Weshalb der Trainer so oft schreit,
Und warum viele tausend Leut
Vor Freud sich auf die Schulter hauen
Und saufen bis zum Morgengrauen.

Weshalb ein schwarzer Mann im Feld,
Mit Pfeife wie ein großer Held,
So wichtig in die Runde schaut
Und manchmal 's ganze Spiel versaut.

Das alles wollt auch ich erleben.
Bin mit erwartungsvollem Beben
Am Samstag-Mittag hin zum Spiel.
Han denkt "Des koscht bestimmt net viel".

Ja Scheißele! Mei Sonntagsgeld,
Des hot am Samstag mir scho gfehlt.
I han a Eitrittskarta gnomma,
Han 80 Stäffele erklomma,
Ond endlich war i no am Ziel!
Vor lauter Leut seh i net viel.

I laß mir von meim Nachbar saga,
Grad hend se wieder naus oin traga,
Ond nach ma ganz besondera Drall,
Do seh i manchmal au dr Ball.

Dreißg Meter hoch steigt er nach oba,
No batsch i, denn sell muß mr loba.
Wia's Spiel stoht, des isch mir bekannt,
Des seh i uff dr Video-Wand!

I freu me richtig wia a Kend!
Z'mol denk i: "Jetzt guck no, der spennt!"
Vor mir a Ma, glotzt wia a Stier,
No secht der Kerle doch zu mir:

"25 000 Leut, 22 Spieler!
2 Liniarichter, dr Schiedsrichter, der Granatatrialer!
Auswechselspieler, Polizista uff Gäula!
I kann's net begreifa, na i kennt grad heula!"

"Was isch denn, was gucket se denn so verstört?"
No schreit er's grad nochmal, ond jeder hot's ghört:
"25 000 Leut, 22 Spieler!
2 Liniarichter, dr Schiedsrichter, der Granatatrialer!
Auswechselspieler, Polizista uff Gäula!
I kann's net begreifa, na i kennt grad heula!

Leut, bloß ois mecht i jetzt wissa:
Warom ausgrechnet mir
Der Vogel uff der Kopf hot nuffgschissa!?"

Mei Tante

Leit - i han a Tante g'hett
Do mach i mit Euch jede Wett,
Ihr kennat hier em ganza Flecka
Sowas grauslichs net entdecka.

Abergläubisch war se arg
Om dr Leib saumäßig stark.
On wia's au manchmol isch em Leba
So hot sich's oimol halt ergeba,

Daß mir 13 Leit send gwä -
Ihr hettat solla d'Tante säh!
"13 isch a Oglickszahl !
I hock net nei zu Eich en Saal!
I gang ond hol no oin drzua -
Sonscht han beim Essa i koi Rua!"

Vor em Haus - do schtoht a Mo
Ond den schwätzt se no glei o:
"Sia send dr 14. , kommet se schnell."
Der rührt sich koin Schritt von dr Schtell.

"Dr 14.? - Noi! - Uff gar koin Fall!
Se schpennat jo! - Se hend en Knall!
Mit Eahne! - Noi! Do dank e sehr,
Ond wenn i grad der erschte wär!"

Am Necker

An a'ma schöna Tag em Mai -
Dr Zuffahäuser Albverei
War onderwegs mit 30 Leut.
Sie waret luschdig - hent sich gfreut.
Zwoi senget laut, net bsonders schee,
Sia häbet koi Schätzele, Schätzele meh.
Naus goht's zur Stadt, sia wandret monter
Mühlhausa zua, an Necker nonder.

Am Necker dort isch's wunderschee -
Wiesa - Wengert - Häusla - See!
Ond als ganz besonders Reizle
Kommt au ab ond zu a Beizle!

En so ois hockt, des isch ja klar,
Vom Albverein dia Wanderschar.
Dr oi trenkt Rota, andre Weißa,
Drzua gibt's au no was zom Beißa.

An Bachstoikäs, a schwarze Wurscht.
Kurz, für dr Honger ond dr Durscht
Isch gsorgt, ond nach dr Mittagsruh
Goht's neckarabwärts Remseck zu.

Uff oimol - koiner denkt was Bös -
Schreit oiner: "Leut, was isch jetzt dös?
Mei Weib isch grad em hoha Boga
Kopfübersche en Necker gfloga!"

Em Necker zappelt se ond schreit!
Koi Rettungsreng isch weit ond breit!
Zwoi Männer ziaget d'Kittel ra
Ond sauet tapfer d'Böschung na.

Dr oi packt 's Weib schnell an ra Hand
Ond ziagt se halba ruff uffs Land.
D'Auga hot se zua, dui Frau.
Em Gsicht do isch se grea ond blau.
D'Füaß, dr Arsch, dr halbe Leib,
Hangt no em Necker von dem Weib.

Zeit isch kostbar, ond wia gschwend,
Packt oiner se an boide Händ.
No fangt er a ond pumpt dem Weib
'S Neckarwasser aus em Leib.

Er pompt ond pompt, ond jedes Mal
Kommt 's Wasser em a riesa Strahl
Hoch vom Maga, aus em Mund.
So pompt er bald a Viertelstund.

A'ma Ma platzt no dr Kraga:
"Des oine will i dir jetzt saga.
Dei Pomperei brengt gar nex ei!
'S isch besser, du lesch des jetzt sei!"

"O sei doch still! I ben vom Fach!
Ben Spezialist en dera Sach!
I han studiert uff Medizin -
I breng des Weib scho wieder hin!"
No pompt er weiter wia verruckt,
Vom Schweiß isch's Hemd ond d'Hos verdruckt!

Dr Ander'glotzt den Doktor a,
No secht er: "Liaber, guater Ma,
I ben koi Arzt, do hosch scho recht.
En deim Fach ben e erdaschlecht.
I woiß, ihr Doktor hends arg schwer!
I ben halt Pumpa-Ingeneer.

Komm Doktor, laß des Pompa sei!
Hör endlich uff ond halt jetzt ei.
Wenn du des Weib so wie bisher
Em Wasser lesch, des wird nix mehr.

Dui spuckt no Wasser en ra Woch!
Dui hot doch irgendwo a Loch!
Dr Arsch muß aus em Wasser raus!
Sonst pompscht du no dr Necker aus!"

Soweit die Gschicht. Ja, ond die Frau?
Des sag i euch no ganz genau:
Isch gsond, sieht aus wia Milch ond Bluat!
Ja, 's Neckerwasser isch halt guat.

Dr Frieder

Em ganza deutscha Vaterland
Do send mir Schwoba wohlbekannt
Als Schaffer, Sparer, Häuslebauer.
Mir wer'n granatamäßig sauer

Ond kennat uff dr Tod net leida,
Vor Wut oft uff dr Sau nausreita,
Wenn äbber, der ons nahesteht
Ons bscheißt ond schmählich hentergeht.

A Glück isch oft, mir merket's nicht -
Des zeig i jetzt en meiner Gschicht.

Dr Frieder war a liaber Ma -
Sei Eva war a steiler Zah.
Oft war dr Frieder fort beim schaffa,
Kam spät äls hoim no mit ma Affa.
Des hot die Harmonie oft g'stört -
Mr hots em Nachbarhaus no g'hört.

Z'letzscht isch dr Frieder für zwei Jahre
Ens Ausland uff Montage g'fahre.
A paarmol hot 'r Urlaub g'hett,
Ond no war's wieder richtig nett.
Sei Eva war wia einschtens wieder -
Ond voller Glück war onser Frieder.

Endlich isch vorbei sei Zeit
Ond no kommt 'r voller Freid
Hoim, --- er freit sich wia a Kend,
Goht en d' Stub ond denkt, er spennt.

Hockt ond druckt do uff ma Topf
A Kendle, schwarz vom Fuaß bis Kopf.
Sei Eva sagt: "Mir send zu dritt,
Komm Frieder, lach ond freu de mit."

Dr Frieder glotzt ond frogt no domm:
"Der Kerle isch ja schwarz! - Warom?"
Sei Eva secht: "Beim beschta Willa,
I han den Bua net könna stilla.
Han no a schwarze Amme gnomma,
Ond daher isch dia Hautfarb komma."

No hot der Frieder voller Glück
Seim Vadder gschrieba; Stück für Stück
Hat er voll Feuer ond voll Flamme
Verzählt von dera schwarza Amme.

A paar Tag später kommt no schon
A Briaf vom Vadder an sein Sohn:
"Mein lieber Junge, lieber Frieder,
Im Leben kommt so manches wieder.

Denn als ich Deinen Brief gelesen,
Da dacht ich, wie's bei Dir gewesen.
Bei aller Müh und gutem Willen
Konnt au Dei Mutter Dich nicht stillen.

Wir mußten stets Dir Kuhmilch geben -
Drum mußt Du jetzt als Rindvieh leben."

Wer pfeift wem?

Dr Christian hot an scheena Hond,
Der wiegt glatt seine 80 Pfond.
Des Viech isch groß - isch wonderschee,
En sotta Hond gibt's gwiß koin meh.

Kommt sei Herrle von der Kneipe,
Eilet hoim zu seinem Weibe,
Zeigt dr Hond den Weg nach Haus,
Läuft em Christian vorna draus.

Dr Christian hot ständig Durscht,
Sei Hond - wen wondert's - träumt von Wurscht.
Ond wia's halt isch uff dera Welt,
Der wo's hot, des nötich Geld,

Der ka protza, ka au kaufa,
So wia Christian zom Saufa
Bier ond Schnaps ond Sekt ond Wei,
Drzua zom Essa ällerlei!

Dr Hond liegt derweil uff am Boda
Ond leckt sich hongrich seine Pfota.
A Hond gibt nia seim Herrle Schuld,
Er hot bloß Liebe - viel Geduld.

Doch manchmol reagiert a Tier
Leider wia sei Herrle schier.
Dr Christian, a jed's hot's gsehn,
Konnt bloß no schwankend hoimwärts gehn.

Beim Metzger Kalb am Rathaus-Eck
War z'mol dr Hond vom Christian weg.
An riesa Bolla Schwartamaga
Hot er en seinra Gosch forttraga.

Beim Metzger Kalb hot er den klaut,
Der Metzger ganz bedeppert schaut,
Schreit: "Christian! Hosch des g'seha?
Pfeif schnell deim Hond, daß er bleib steha!
Der Hond hot en seim Riesakraga
A ganz Pfond von meim Schwartamaga!"

Dr Christian moint: "Was soll i pfeifa,
Des dät mei Hondle nia begreifa!
Do dät i doch viel eher saga:
Pfeif du doch deim Pfond Schwartamaga!"

Uff dr Alb

Karge Äcker, - viele Stei', -
Beim Hoha-Neuffa Täleswei. -
Wachholder-Heide, - Silberdistel. -
Uff de Bäum do wachst dr Mistel. -
Schäfer wandret mit dr Herde. -
Bei St.Johann do graset Pferde. -

Burgruina, - Felsaschluchta, -
Wasserbächla, - grüne Buchta. -
'S Lautertal, - dr Lichtastei! -
Leut! Wo kennt's no schöner sei!
Segelflieger uff dr Teck -
Felsa, - Höhla als Versteck.

Kircha, - Kruzifix, - Kapella, -
Könnet vieles ons verzähla -
Von de Leut, von ihrem Leba,
Kann so manches Zeugnis geba.

Neresheim, - dr Rechberg, - Neuffa, -
Uff dr Alb do kosch se greifa
All die Schönheit, all die Wonder
Vom Necker bis zur Donau nonder.

Dia Menscha uff dr Alb, der rauha
Henn -Gott sei Dank- no viel Vertraua
En all das Gute in der Welt! -
Warum? -Die Hauptsach isch net 's Geld.
Sia wellet net ihrn Nachbar bscheissa,
Den't liaber onsern Herrgott preisa.

So! Des isch d'Alb -wia i se kenn- !
Dabei kommt mir a Gschicht en Senn. -
Weit oba war's, bei Bartholomä,
Ond do isch folgendes gescheh:

A Bauer, nemme jung an Jahren,
Mit grauem Bart ond wenig Haaren,
Ond seine Frau, die Annegret,
Die schufteten von früh bis spät.
Sie hatten Äcker, hatten Rinder,
Ond insgesamt au 7 Kinder!

Sie konntet schreiba, konntet lesa.
Sind niemals en dr Stadt gewesa.
Ihr Herz hing an ihrm Hof allein
Auf ihrem schönen Rosenstein.
Was en dr weita Welt passiert,
Des hot dia beide net berührt.

A Bauer muss an jedem Morga
En Stall nom geh, sei Vieh versorga.
Au onser Bauer von dr Alb
Der war em Stall bei Kuh ond Kalb.

Zwoi Männer send recht unbefanga
En sella Baurahof nei ganga.
Sia klopfet a - ond kurz darauf
Macht Annegret ihr Haustür auf.

"Grüß Gott" so secht der oine Ma
"Heut isch des Dörfle jetzet dra.
Mir zwoi, mir fraget für d'Statistik
An jeda Bürger, der no rüstig.

Neutronen-Bomb! Mir wöllet wissa:
Send mr mit sell 'ra Bomba b'schissa?"
"Neutrona-Bomb? - Jetzt wartet se gschwend!"
No isch se zum Bauer en Stall nüber g'rennt.

10 Minuta verstreichet, - no kommt se z'rück,
Sia secht: "Ihr Herra! Heut hend se Glück!
Neutrona-Bomb - i han's em Bauer verkuddelt.
Z'erscht hot 'r dr Kopf gschüttelt ond saumäßig bruddelt.

Doch em Kuhstall dohenta dia Gülle-Pomp
Isch uralt ond inzwischa a saumäßigs G'lomp,
Oimol muaß jo sei, z'erscht hot der Bauer net wölla. -
Jetzt schreibet se uff, - mit den't oina b'stella".

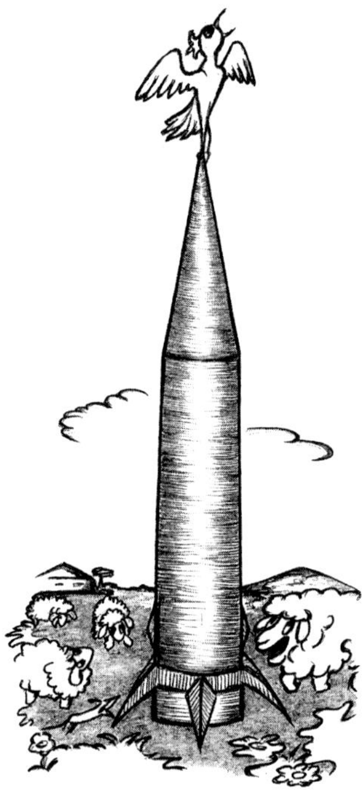

's Goga-Büable

Was i verzähl isch wirklich wahr.
Des isch passiert vor 30 Jahr.

Do secht a Frau zu ihrem Jonga:
"Jetzt bisch gnuag uff dr Gaß romgschpronga,
Jetzt gohsch mit mir. Mir kaufet ei.
I brauch zom Essa ällerlei.
Du kosch des Zeug mir helfa traga,
Sonst muaß i mi alloi romplaga."

Dr Jong, der goschelt -wias halt isch
Mit dene jonge Fledrawisch!
Z'letscht dappt er, 's fallt em sichtlich schwer,
Neba seiner Muader her.

Z'erscht goht's zum Kaufmann wega Butter
Ond für dr Hansi Vogelfutter,
4 Fläschla Bier für Vadders Durst,
Beim Metzger no an Bolla Wurst.
"So, jetzet bloß no a paar Wecka!"
Jetzt ganget se no nom zum Bäcka.

Dr Bäck, des isch a guater Ma.
Er guckt des Büable freundlich a.
"Ja Büable, so was sieht mr selta.
Ha, so a Hilf dia laß i gelta.
Des freut me! Da, komm her, lang na!"
No streckt er em a Brezet na.

Des Büable glotzt den Bäcker a,
No reißt 'r d'Brezet an sich na,
Guckt bitterbös em Lada rom,
No wieder nach em Bäcker nom.

Er macht net "mäh", er macht net "muh".
Sei Muader redet ihm guat zu:
"Komm Jonger, schwätz - wia secht mr denn?"
Dem kommt koi "Dank schee" en dr Senn.

Noi! Mit ma puterrota Möckel
Secht er zom Meister: "Bäcka-Seckl!"

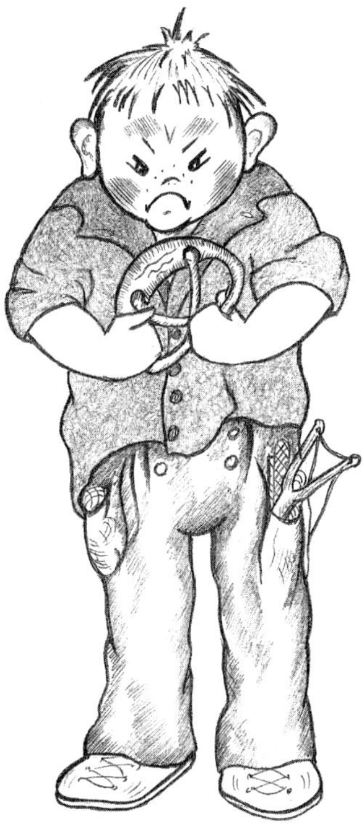

Dia eigebildete Kranke

A jeder Mensch wünscht sich uff Erda
Niemols ernschtlich krank zu werda.
Doch leider isch des Menscha Sein
Net älle Dag bloß Sonnaschein.

Bei viele Leida , manche Ploga
Kann mr dr Mediziner froga.
Er gibt oim bittere Arznei
No fühlsch de wieder fascht wia neu.

Doch manche Leit, do gibt's koin Zweifel
Reitet ällemol dr Deifel.
Bomberlgsond von Kopf bis Zeh
Jammret se mit Ach ond Weh,

Schwätzat uff dia Doktors nei:
'S könnt niemols jemand kränker sei.
Doch koi Mensch isch dobei gsonder
Des send ganz oifach Hypochonder!

Au d' Frau Geheimrat Mövapick
Die hot den Hypochonder-Tick.
Ihr gröschter Fehler uff der Welt:
Se hot ganz oifach viel z'viel Geld.

Natierlich hot des reiche Weib
Ihrn Leibarzt bloß zom Zeitvertreib.
Sogar no weit noch Mitternacht
Hot se en oft om's Schlofa bracht.

Hot g'jammert, er soll ganz schnell komma,
Er hot no glei a Taxe g'nomma,
Todmüad isch er - so schnell s'isch ganga,
Zu dera Hypochonder-Schlanga.

Die hockt em Sessel - Gott sei Dank
Putzmonder - überhaupt net krank!
Dr Doktor fühlt dr Puls, prüft 's Gwicht,
No macht er a bedenklichs Gsicht:

"Ja, Frau Geheimrat Mövapick,
Des isch fürwahr a großes Glick,
Daß se me heit Nacht gruafa hend,
I denk, m'r sottet jetzet gschwend

Dr Pfarrer hola, ond i bitt,
Er breng au dr Notar glei mit."
Frau Mövapick wird kreidabloich
Vor Angscht do werdat d'Knia ihr woich.

Se schluchzt: "Herr Doktor - isch des wahr?
Dr Pfarrer ond dr Herr Notar?
Notar ond Pfarr! Muaß i jetzt schterba?
I will doch jetzt no nix vererba!
Oh Doktor! Mir wird scho ganz flau -
Muaß i vo dera Welt jetzt gau?"

"Noi - i denk net - Frau Mövapick,
I moin halt, 's wär für mi a Glick,
Käm dr Notar ond au dr Pfarr,
No wär i net dr oinzich Narr,
Den sia heit aus em Schlof hen g'rissa -
No wär net i alloi bloß b'schissa!"

N.S.

Soweit dia Gschicht vom Hypochonder.
G'schrieba hot's a Gsonder.
- Isch's a Wonder? -

Dr Fehltritt

Ihr Leut - uff dem Planet gibt's Sacha!
Wär's net zum heula, wär's zum lacha.
Bei jeder Gschicht uff dera Welt
Do goht's om d'Lieb, -oder oms Geld,
Oder om beides! Geld ond Liebe
Des send zwoi ganz verflixte Triebe!

Des will i Euch, - i will's probiera
An einem Beispiel demonstriera.

Isch oiner reich, hot Kend ond Weib,
Hot 's Essa, Trenka für sein Leib,
Vielleicht a Haus, oder au zwei,
Der könnt doch wirklich z'frieda sei.

Des gilt, - des isch jo sonnaklar -
Für Sie ond Ihn , für jedes Paar.

Jedoch, wer isch am End gefeit,
Trotz Liebesschwur für ew'ge Zeit,
Nicht doch der Sünde zu erliegen
Und seinen Partner zu betrügen!
Ob Frau, ob Mann, Ihr liebe Leut -
Manchmal isch Jed's dazu bereit!

So! Des han i als Vorspann g'nomma,
Zum G'schichtle will i jetzet komma!

Von uns entfernt nicht weit es war,
Da wohnte einst ein Ehepaar!
Sie waren glücklich, diese zwei -
Sie hatten eine Bäckerei!

Soweit so gut, doch irgendwann,
Da fingen die Probleme an.
Der Umsatz stieg, und die Gewinne
Benebelten des Bäckers Sinne.
Nochmehr jedoch die drallen Reize
Der Rosi aus der Nachbar-Beize.

Wie es kommen mußte, kam's!
Es war schwül und es war abends.
Kurz und gut - so gegen zehn -
Ist es wirklich dann geschehn!!

Der Mond als Sichel krumm gebogen
Hat sich diskret zurückgezogen.
Am Tag drauf - als wär nix geschehn -
Ließ sich die Sonne wieder sehn!

Jedoch! Des war no lang net's End
Vom Bäckermeister seiner Send!

2 Monat später d'Rosi spricht:
"Oh Bäck, des isch a böse G'schicht!
I krieg a Kend - an kloina Bäcka!
I ka 's vor niemand meh verstecka!"

Dr Bäck, der ehrawerte Sünder,
Der hot doch scho drhoim 4 Kinder.
Jetzt no a ledigs - so an Scheiß!
Er muß, ond kost es jeden Preis
Verhindera mit List ond Macht,
Daß jeder tuschelt, älles lacht.
Vor ällem sott sei Weib nex wissa!
Sonst wär sei Leba restlos bschissa.

So goht er halt zur Rosi nom
Ond secht, natürlich sei des domm,
Daß jetzt des Kendle demnächst komm.

Er sei dr Vatter, er geb's zua,
Er zahl, sei's Mädle oder Bua,
Er mecht bloß net, sie soll's beachta,
Daß d'Leut als Vatter ihn betrachta.

D' Rosi hot gsagt: "Wenn du zahlsch, sag i nex,
Daß du mi hosch überredet zom Sex!"

Die Stond isch komma, des Kend hot sich gmeldt
Ond kam au pünktlich en dr Klinik zur Welt.

Dr Bäck, wo er's erfahra, no hot er dacht,
Jetzt b'such i d' Rosi, doch erst bei dr Nacht.
No sieht des koi Mensch ond 's gibt koin Verdacht,
Daß i am End no des Kendle han gmacht.

So kommt 'r en d'Klinik mit Bluma em Arm.
Em Herze do wird's em mal kalt ond mal warm.
Er klopft bei dr Rosi ihrm Zemmer an d'Tür,
Goht nei ond secht:
"Isch guat ganga? Ond wia goht's denn au dir?"

No hot doch die Rosi g'heult ond hot g'sprocha:
"Oh Bäck, dia hend älle dr Brata glei g'rocha.
I han nex g'sagt, i han a guats G'wissa!
I woiß net, woher dia älle des wissa,
daß du bisch dr Vatter, i heng me no uff!
Wia kommet dia Doktor -i frog me bloß- druff?

Heut morga om zehne bei dr Visite,
Kommet dia Doktor -dr Chef en dr Mitte-.
I denk an nix Bös, do deutet der oine,
Der wo mi entbunda hot von meim Kloina,
Uff mi, ond secht -i hätt me wölla verstecka!-
>"Ond da henta liegt des Mädle mit dem extrem kloina Becka!<"

Mr hot au Kultur em Ranza

Goh'sch en's Theater, - no isch des a Fescht. -
Do ziagt mr aa bloß 's Ällerbescht. -
D'Frau zeigt ihr Gold ond Diadem, -
Dr Maa sein Kittel, - obequem -

Ond a neu's Hemd, - des jucket, -
Ond neue Schuh', - dia drucket.
Seha ond au g'seha werda
Isch halt 's Motto hier uff Erda.

Ganz speziell en Musatempel
Trifft mr oft dia gröschte Sempel.
Dia gehn halt en's Theater nei, -
Weil se hen dr Eitritt frei.

Au bei dr Miete isch es so, -
A mancher wär von Herza froh -
Wenn er könnt drhoimda bleiba, -
Sich em Gärtle d'Zeit vertreiba.

Bei "Figaros Hochzeit" denkt er voll Neid
Ond mit Wehmut z'rück an dia goldene Zeit, -
Won'r braucht hot für's Haar an kräftiga Kamm -
Heut braucht'r zom Kämma bloß no an Schwamm.

Ond Schillers "Räuber" manchem saumäßig stenkt, -
Weil er do voller Wut an's Finanzamt denkt.
'S isch Wurscht, ob gmietet, kauft oder gschenkt
'S kommt der Moment wo jeder mol denkt,

Er sott en d'Oper, zom Ballett oder Symphonie,
Brauchsch halt au Praxis, net bloß Theorie.
Au dr Gottfried isch zu zwoi Freikarta komma, -
Er hot sei Weib en's Theater mitg'nomma.

Sia hocket a bißle ei'zwengt em Sitz, -
Uff oimol denkt se, es trifft se an Blitz -
Sia guckt ganz verschrocka nom zu ihr'm Maa, -
No secht se: "Gottfried! Du hosch jo koin Zah'!

Mi trifft glei dr Schlag! - Dei Gebiß hosch vergessa!
Des hosch du jo rausdo drhoimd nach em Essa!"
Dr Gottfried moint: "Do gibt's schlemmere Sacha, -
Bei "Maria Stuart" muaß i sowieso net arg lacha."

Dr Schwoißhond vom Herr Schindler

Uff grüner Heid', em dunkla Tann
Zu sei a stolzer Jägersmann -
Bei Fichta - Buacha - Tannabaum,
Des war mei Sehna, war mei Traum.

I war viel 'z domm für's Abitur,
Jedoch en Wald ond Wies' ond Flur,
Da war i ständig uff dr Pirsch,
Uff Fuchs ond Has' ond Reh ond Hirsch.

Doch muaß i leider Euch gesteha -
I han fast nia a Rehle g'seha.
`S war no mei heiliger Entschluß,
Daß sich do ebbes ändra muß.

Was braucht der stolze Hobby-Jäger:
A grüne Hos' mit Hosa-Träger,
A Hemd, Krawatt mit Alpa-Rosa,
Ond lange, dicke Onterhosa.

An Huat no mit ma Pensel dran -
Ond fertig isch dr Jägersmann.
Des ällas han i mir a'gschafft -
I war voll Jagdluscht ond voll Kraft.

No han i g'nomma Pfeil on Boga
Ond ben en Wald on Wies' naus zoga.
Leut! - I han zünftig, guat ausgseh,
Doch zeigt hot sich koi Has' , koi Reh.

"Wenn du als Jäger suachsch a Schpur
No brauchsch an Schweißhond auf dr Tour."
So secht mei Freund - der isch gscheiter wia i,
Der hot fei studiert uff Physik oder Chemie,

Oi Semeschter om's ander, i woiß net wia viel,
Heut isch er Vertreter für Ariel ond Pril.
Doch sei Vorschlag war guat ond seit dera Schtond,
Han i en dr Zeitung gsuacht noch ma Hond.

Scho noch a paar Tag hot sich a Herr Schindler gmeldt,
Ond sagt, er häb preiswert für ganz wenig Geld
An "Schweißhond", so guat wia den gäbs koin me,
Ond ob i des Hondle net amole wöllt seh.

"Jo, gern", sag i, ond des war a Fehler von mir,
Dr Herr Schindler brengt a omeglichs Tier,
Mit lapprige Ohra ond hengender Zong,
Dr Herr Schindler sagt, des Tierle sei jong,

Ond als "Schweißhond" jedem Tier überlega,
Dr Lässie vom Kino sei Scheissele drgega.
Wia der Hond mi so liab ond so treu hat a'gstrahlt
No han en halt b'halta ond dia 500 Mark zahlt.

Des Hondle hot gfressa für mindeschtens vier,
I han en kaum nausbrocht en mei Revier.
Von wega Häsla ond Rehla jaga -
I han den Freßsack en Wald miaßa traga.

Ond scho bald han i erkenna müssa:
Mit em Herr Schindler sei'm Schweißhond da ben i bschissa.
Des han em au gschrieba ond wias bei ons lauft
Ond was sei "Schweißhond" so frißt ond so sauft.

I han em net gsagt, ond der brauchts au net wissa,
I mog den Hond arg, ond i mecht en net missa.
Am End von meim Briaf, ganz henta am Schluß
Do schreib i em wörtlich statt a'ma Gruaß:
"Es fehlt en Ihr'm Nama a "w", lieber Schindler,
Ond des hot Ihr "Scheißhond" übrig, Sie Schwindler!"

Zammagsetzte Hauptwörter

En dr Schul em Deutschonterricht,
Dr Oberlehrer Gscheidle spricht:
"Liebe Kender, für das Leba
Will i euch des Rüstzeug geba.

Wörter, dia mr zsammasetzt,
Dodrüber Kender, schwätz mr jetzt.
I will euch aus em täglich Leba
Jetzetle a Beispiel geba:

Bahnunterführung! - Was verstoht mr do dronter?"
Dr Fritz secht: "Gar nex, des wär grad a Wonder
Wenn a Zug drüber fahrt an sellem Ort,
Do verstoht mr ganz bestimmt koi oinzigs Wort."

D'rhoim en dr Stub

'S isch Abend worda, d'Sonn goht nonder,
Em Stüble goht dr Lada ronter.
Kaum hot mr gvespert, no isch Zeit,
Daß d'Muader frogt: "Was kommt denn heut
Em Ersta? Was? - Dr Boris Becker,
Der goht mr langsam uff dr Wecker!
Em Zweita? Krimi mit 5 Leicha,
Em Dritta deant se d'Geiga streicha!
Des intressiert mi älles net,
Am gernsta geangt i glei ens Bett!"
"Noi - noi" secht da dr Opa knitz
"Nex do - mir machet jetzt a Quiz.

A jeder zeigt mit Füß ond Händ
An alte Film, den er so kennt.
Bloß schwätza derf 'r nex drbei.
I moin, des wird arg lustig sei.
Der wo dr Titel richtig nennt,
Des isch dr Sieger ond der gwennt
Vom neua Wei an Liter Räsa
En oiner von de hiesge Besa."

Dr Vadder überlegt net lang,
Er pfeift seim Hond, der liegt em Gang.
No packt er 'n, d'Muader wird ganz blaß,
Ond schmeißt des Hondle naus uff d'Gaß.

"Wie hoißt der Film?" so frogt der Ma,
D'Muader guckt dr Opa a.
"Ka koiner mir a Antwort geba?
'S war >Hunde wollt ihr ewig leba<!

Muader, du bisch jetzet dra,
Jetzt zeigsch du dein Film ons a!"
Sie denkt gschwend nach, no goht se naus
Ond läßt dr Wellasittich raus.
Sie setzt en uff an Kaktus nuff,
No secht se: "Kommet 'r do druff?"
Sie schüttlet d'Köpf ond streichet d'Segel.
No secht se: "Des send Dornavögel!"

"So Opa, jetzet kommsch no du,
Ond mir zwei gucket dir jetzt zu."
Dr Opa nemmt 's Gebiß en d'Hand,
Schmeißt's henter sich, so gega d'Wand.
Do hangt a Gweihle vom a Reh
Ond dra em Opa seine Zäh'.

"Wia hoißt der Film? Komm, ratet - auf!
Ihr kommet uff den Film net drauf?
Jetzt schämet euch! Ihr wisset's net?
No gang i lieber jetzt ens Bett.
Wia ko mr bloß so deppet sei,
Des isch dr Film >Die Brück am Gweih<!"

Noch dr silberna Hochzeit

„Wenn i denk, - wia's früher war, -
So vor zwanzich - dreißich Jahr....
Mei Maa hot Feuer g'hett für zwei -
Heut schloft 'r vor dr Bettlad ei."

D'Paula klagt ihr Eheleid -
Ihrer Freindin Adelheid.
„Vielleicht kosch du des schnell beheba -
Ond euer Zwoisamkeit beleba" -

Secht d'Adelheid ond moint verschmitzt, -
Se häb a Mittel, - des gwiess nützt.
„I rat dir oins, - tua inveschtiera, -
Kauf Reizwäsch, um ihn zu verführa.

Am beschta schwarz, - i garantier, -
Do kommt 'r aus em Häusle schier."
D'Paula denkt sich >'s ko nex schada<
Ond goht glei en an Wäsche-Lada,

Secht sich >heut wird an gar nex g'schpart<,
Kauft 's Schönschte, 's Beschte bloß - hauchzart.
Kaum kommt se hoim, - no ziagt se's aa,
Ond freit sich riesig uff ihr'n Maa.

Der isch au pünktlich, - kurz vor vier, -
Do hört sen an dr Wohnungstür.
En schwarzer Wäsch, - verführerisch, -
Lehnt se kokett am ronda Tisch.

Se hot au no a Kerz a'zonda -
Ond freut sich jetzt uff schöne Stonda.
Ihr Maa kommt rei, - er guckt se a, -
Ihr lauft's scho kalt dr Buckel na.
Se denkt, - jetzt werd i glei omworba!
Doch er frogt bloß: „Isch d'Oma g'schtorba?"

Vom Gottlob

Dr Gottlob

Dr Gottlob uff seim Baurahof
War fleißig - bloß a bißle doof.
Beim letzta Viehmarkt en der Stadt
Do denkt er sich,-ha do bisch platt
Dia send schee bled,-dia Italiener,
Dia kaufat älle meine Heahner,
5000 (Lire) Stück für Stück!
Gottlob, du hosch a Riesa-Glück!

Er secht sich, 's Gschäft war guat für mi,
Jetzt kauf i mir a Souvenie.
Em Kaufhaus am Spielwara-Stand,
Des war für ihn a Wonderland.

A Puzzle-Spiel mit 20 Teil,
Noch dem, do glotzt 'r ällaweil.
Z'letscht hot er's kauft,-10 Mark noblättert.
No isch 'r z'frieda hoimwärtsbrettert.

Am Stammtisch obends hot 'r prahlt,
Er hot sogar a Ronde zahlt.
Mit seim Traktor, so hot 'r gmoint,
Isch er, weil d'Sonn so stark hot gscheint
Voll en a Radarfalle gflitzt.
Dr Karle frogt no: „Ond? Hot's blitzt?"
„Noi" secht dr Gottlob ganz bedeppert,
„Es hot granatamäßig gscheppert!"

Zwoi Monat später isch es gwä,
Do hosch dr Gottlob wieder gseh.
Er trägt sei Puzzle-Spiel spaziera,
Ond goht no stolz durch d'Wirtshaustüra.

Legt 's Puzzle uff dr Stammtisch no,
No fangt 'r richtig z'prahla a:
„Do! Gucket älle, des hot gschlaucht.
6 Wocha han i dazu braucht.
6 Wocha bloß, na i ben hell,
Des löst koi anderer so schnell.
Mei Lieberle, i ben net bled,
Guck, was do uff dr Schachtel steht."

Es lesen alle Augen-Paare:
Ab 2 bis maximal 4 Jahre!

Em Gottlob sei Geburtstags-Gschenk

Dr Gottlob goht en „Weissa Stier“ -
Do trenkt’r obends gern sei Bier.
Beim Kartaspiel goht’s zünftig her -
Vom „Grand mit vier“ bis „null-ouvert“.

‘S wird g’reizt ond g’spielt bis Mitternacht -
A Bierle g’schlürft, ‘s wird g’schempft ond g’lacht -
Ond koiner griagt a liadrigs G’wissa -
Wenn ‘r beim Kartaspiel hot b’schissa.

‘S isch halt a rechte Männerschar, -
Ond dia, - dia fendet’s sonderbar, -
Daß dr Gottlob ohne Grund -
Fehlt bei so ‘ra Männerrund.

‘S nächstmol, - als wär gar nex gwä, -
Hosch dr Gottlob wieder g’seh.
„‘S letzschtmol hen mr de vermisst -
Sag, warom hosch de do verpisst? -

Warscht doch net am End no krank?“
„Noi“ - secht dr Gottlob, „Gott sei Dank, -
Gar so schlemm war’s no doch net, -
I han halt Geburtstag g’hett.“

„Leck me no, - ha so a Freud, -
Gottlob, - no zahlscht du jo heut -
Mindestens a halbe Bier -
Jedem do em „Weissa Stier.“

„Meinetwega, - laßt's euch schmecka, -
I zahl au no Wurst ond Wecka."
De'scht a Freud ond a Halloh -
D'Schwobaherza werdet froh -

Wenn's Vesper ond wenn's Bier nex kost, -
Do schreiat se äll furzlang „Prost".
A jeder hot so bei sich denkt, -
Den hend se sicher reich beschenkt.

Dr Karle frogt no: „Wia isch g'wä, -
Gottlob, - hend se dr viel gä? -
Was hosch älls kriagt? Auf, Gottlob - sag."
„Ha, wias halt isch an so 'ma Tag, -

Ällas möglich muasch do nemma, -
Ällerhand kommt do so z'semma.
Omas Gschenk, - i ko euch saga, -
Kosch uff oimol gar net traga."

„Ko mr des vielleicht mol seh -
Was des für a Gschenk isch gwä?"
Älle gucket interessiert, -
No secht dr Gottlob o'geniert:
„Uff oimol trägts ganz gwiß koi Ma" -
No legt r zwoi Krawatta na.

Dr Gottlob ond sei Autole

Em Gottlob s' ällerliebste Sächle
Des isch ond bleibt sei „Heiligs-Blechle".
Wenn des net dasteht blitzeblank,
No isch dr Gottlob halba krank.

I übertreib net, wenn i sag,
Er putzt sein Karra jeden Tag.
Oimal do isch 'r nei, en d'Stadt,
Weil 'r do was zom b'sorga hat.

Romkurvt isch er bald zwoi Stonda,
Bis 'r hot an Parkplatz gfonda.
No saut 'r rom ond kauft schnell ei
Brot ond Butter, Käs ond Wei

- Des älles no bei Sonnaschei.
Doch scho pechschwarz kommt hendadrei
A Regawolk - ond scho hot's blitzt,
Bluat ond Wasser hot'r gschwitzt.
Er saut, kriagt fast koin Schnaufer meh
Vor Angst, sei Kärrele isch he.

Natürlich hot's em nemme g'langt.
'S hot g'regnet, er isch weiter g'wankt.
O Weh ond Ach, sei „Heiligs-Blechle",
War schmierig, naß bis onder's Dächle.

Des G'witter, des war schnell vorbei.
Dr Gottlob denkt: „Dui Sauerei,
Den Staub am Karra ond den Dreck,
Der muaß, bevor i hoimfahr, weg."

Bei Zuffahausa isch es gwä
An Schild hot onser Gottlob g'seh:
„Waschanlag - von Schmutz macht frei"
Natürlich fahrt dr Gottlob nei.

So automatisch ond modern!
Er denkt sich: „Des probier i gern".
Er kauft a Kart mit älle Faxa,
Mit Wäscha, Bürsta ond mit Waxa.

No isch er ennerlich voll Glück
En d'Waschanlag nei - Stück für Stück.
Bald sieht mr bloß a Wasserwand
Wo Gottlob mit seim Waga stand.

Nach kurzer Zeit am andra End
Do wankt der Gottlob halba blend
Aus der Box voll Schaum, patschnaß,
Sei Brill war he, er leichablaß.

Sei Kärrele ruckt - Gottseidank -
Hentadrei ond blitzeblank.
„Warom send Sie durch d'Waschstroß gloffa?"
Frogt dr Tankwart ganz betroffa.

Dr Gottlob, naß vom Kopf bis Fuaß,
Secht: „Weil mr doch des macha muaß.
I kann doch lesa - ben net bled -
Was vorna an der Tafel steht.

Do wo mr neifahrt en des Haus
Stoht groß ond deutlich dra: GANG RAUS."

Vom Karle

Karle schafft beim Bau

Dr Karle hosch nia schnell laufa oder saua g'seh. -
Noi - bei de Schnelle isch onser Karle nia net gwä.
Sei Karline secht: „Mir isch des jetzt z'domm, -
Dr liebe lang Dag hocksch du dr'hoim rom. -

Beim Hennafüttera schlofsch beinah scho ei, -
I schaff onsern Baurahof künftig allei. -
A Trialer wia du goht besser zom Staat. -
Do hör - was i en dr Zeitung les' grad:

Ab morga wird an dr neu Bundesschtraß g'schafft,
Do braucht mr no a paar Kerle mit Kraft.
Goh'sch morga früh glei zom Tiefbauamt no
Ond sechsch, du seiesch dr richtige Mo."

Früh morgens, kaum hot dr Gockeler kräht -
Secht Karline: „Gang! Sonsch kommscht wieder mal z'spät!"
Beim Tiefbauamt hent se dr Karle au g'nomma, -
No isch'r sofort zu ra Bautruppe komma. -

Do hent se'm a Schaufel en d'Hend nei'geba -
Ond g'sagt, er soll a tiafs Loch ausheba.
Dr Karle war des Gschäft doch net g'wöhnt, -
Nach jedra Schippa voll Dreck hot r g'stöhnt.

Sei Kreuz tut weh, - sei Ärm, - seine Fenger, -
Ond seine Pausa, - dia wern emmer länger.
Dr Kapo beobachtet des seit 'ra Stond, -
No wird em des Ganze letztendlich z'bont.

Er goht zu dem Loch, wo dr Karle drin stöhnt, -
Ond fix ond fertig am Schippastiel lehnt.
„Komm sofort a'mol ruff!" - schreit dr Kapo ens Loch,
Dr Karle krabbelt uff älle Viere glei hoch.

„Wia hoisch denn du, - du Granata-Donder?"
- „Karle." - „Guat, no goh'sch glei wieder nonder."
Kaum isch r dronta, schreit dr Kapo: „Komm raus! -
Jetzt will i wissa, - wo bisch du zuhaus?"

Dr Karle secht's em, - no hoißt's wieder: „Naa!"
Noch ma Weile: „Komm ruff, - jetzt musch mr no saa,
Wann bisch gebora?" - „Em Dezember, em Wenter."
Fünf Minuta druff: „Komm raus, - hosch au Kender?"

So goht des no zehnmol hin ond au her, -
Raus ond ronder, ond dr Karle schnauft schwer.
Z'letzscht secht r zom Kapo, er sei nemme so jong, -
Ond vor A'strengung bäpp am Gauma sei Zong,

Ond warom er so oft aus dem Loch häb raus müssa,
Er hett doch ällas, - was er hett wölla wissa, -
Uff oimol ihn au könna fraga - ond ihn net zwanzichmol
Ens Loch nonder jaga.

„Dr Grund" secht dr Kapo, - „den will i dir saga, -
Mit deine Schuh hosch du meh Dreck rufftraga,
Als en ra ganza Stond mit dr Schippa,
Ond jetzt, - für deine furztrockene Lippa, -
Kosch von mir aus trenka dein saura Most.
No gohscht wieder hoim zu deim Weib. - Karle - Prost!"

Dr Karle hot Angscht

Dr Karl fegt mit ma Affa-Zahn -
Bei Stuttgart uff dr Autobahn.
Statt hundertzwanzich, - wia erlaubt, -
Do isch 'r g'rast, - daß bloß so staubt.

Mit Sirena hentadrei,-
Jagt onsern Karle d'Polizei.
Kurz vor am Drackasteiner Hang
Do war a riesa Fahrzeugschlang.

Vorbei war no dia Raserei -
Zwischa Karl ond Polizei.
Zom guata Glück isch nex passiert, -
No wird dr Karle kontrolliert.

D'Papier vom Auto! - Führerschei! -
Prüft wird dr'zua no obadrei -
Ob er was g'soffa hat zuvor. -
Blosa muaß 'r en a Rohr.

Koi Verfärbung isch entstanda, -
Vollständig au d'Papier vorhanda.
Weshalb er so schnell g'fahra ist, -
So frogt ihn no a Polizist,-

Dr'vo g'rast selbst am Streifawaga.
Dr Karle secht: „I will's euch saga. -
Vor guat 'ra Woch', i konnt's kaum fassa,-
Do hot mei Weib mei Haus verlassa.

Sie isch nach einem Ehe-Zwist -
Durchbrennt mit ma Polizist.
Wo i euch g'seh han henter mir, -
I denk! - Dr Schlag, der trifft me schier.
I ben dr'vo grast wia a Sau, -
Vor Angscht, - ihr brenget z'rück mei Frau!"

Vom Gustav

Em Gustav seine Breschdleng

Sei's en dr Stadt, sei's uff em Land,
I denk, 's isch überall bekannt,
Do triffsch uff Leut, dia send net ohne.
Doch schwäbisch schwätza? Nicht die Bohne!

Sia könnet aber nex drfür,
Daß sie nicht Schwaben sind wie wir,
Mr muaß halt jeden reschpektiera,
Sich gegaseitig akzeptiera.

'S isch manchmal schwer, sich zu versteha.
Vor kurzem isch zom Beispiel gscheha:
Dr Gustav ziagt sei Güllafaß
En Garta naus durch d'Schäfergaß.

Do kommt a Pärle, Frau ond Ma,
Ond er schwätzt glei dr Gustav a:
„Schön juten Tach, wo jehn se hin?"
Der Sprach nach sen dia von Berlin.

Dr Gustav stoppt, lupft höflich d'Kapp,
No secht 'r schwäbisch kurz ond knapp:
„I fahr dr Scheiß vom ganza Haus
Uff's Äckerle, uff d'Breschdleng naus."

„Breschdleng? - Breschdleng? - Was ist das?
Worauf streut ihr das Güllenfaß?"
„Uff d'Breschdleng halt, uff d'Erdbeer druff!"
Da gibt der Mann seim Weib en Buff
Ond secht: „So komisch sind die Schwaben,
Bevor sie sich an Erdbeern laben,
Da gießen sie noch Jauche drüber.
Da ist mir Sahne wirklich lieber!"

Berliner send scheints au net gscheiter,
Denkt Gustav bloß, no goht 'r weiter,
Dr Buckel na durch d'Schäfergaß -
Ond 's schwabblt en seim Güllafaß.

Dr ideale Mo

Dr Mensch lebt heitz'dag en ra Zeit
Won'r sich däglich weit ond breit
Ko informiara - onderrichta
Über emmer neue Gschichta.

I schwätz jetzt net vom Radio -
Des dudelt meischdens irgendwo,
I moin au net dr Fernsehkaschta
Mit seine 36 Taschta.

On au de Nochbarsleit ihr Gschwätz
Des hilft net weiter ond isch letz.
Dr Mensch sott oimol en seim Leba
Doch au was Höheres o'schtreba.

Dia Volkshochschual - dia biadet viel
Ond hot für jedermann als Ziel,
Daß mr kommt em Leba weiter
Uff dera Karriere-Leiter.

Em Guschtav s' Erda-Glick - sei Frau
Dia secht: „I woiß zwor ganz genau,
Bei dir isch sicher ällas z'schpät
Du warsch, du bisch, ond bleibsch au bled.
Doch am Mondich wird's probiert
An dr Volkshochschual schdudiert!"

Dr Guschtav ond sei holdes Wesa -
Er secht von ihr statt Wesa - Besa,
Natierlich bloß, wann suis net hört
Sonscht wär dr Ehefrieda gschtört.

Se wacklet los - er voller Sorga
Glei am nächschta Mondich-Morga.
„Menschakunde“ - Frau ond Mo
Nemmat se heit morga dro.

Es schwätzt dr Redner voller Schwong
Zu älle Hörer - alt ond jong:
„Dia Geschlechter - Mo ond Frau -
Passet uff jetzt ganz genau!

Fraua - des send edle Wesa -
Selbscht en dr Bibel ko mr's lesa
Se send vollkomma hier uff Erda
Männer kennet nia so werda.
Uff dr ganza weita Welt
Isch's om dia Männer ganz schlecht bschtellt.

Oder...“ secht dr Redner no
„Kennt von Eich jemand en Mo
Der vollkomma - ideal -
Tauga dät als Ehgemahl?“

A jeder guckt sein Nachbar o
Ond denkt: beim „ideala Mo“
Halt i mei Gosch uff jeden Fall,
Sonscht gibt's drhoim am Riesaknall.

Doch plötzlich schtoht dr Guschtav uff,
Sei Weib, dia gibt em glei en Buff.
Dr Guschtav reckt sich - schiach ond kloi -
Wia einscht dr David mit seim Schtoi.

Schtreckt's rechte Ärmle hoch en d'Höh -
Er klappert ängschtlich mit de Zäh -
Doch dapfer secht er -sei Schtemmle bebt:
„Dr ideale Mo - der lebt!

Es isch - i hör des fascht äll Schtund-
Aus mein'ra liaba Gattin Mund -
Dr ideale Mo, des woiß i gnau!
Isch dr erschte Mo von meinra Frau!"

N.S.

Em Guschtävle isch's schlecht (oder guat) bekomma,
Sei Weib hot bald an andra gnomma.
Jetzt kriagt 'r au dia Chance hier uff Erda
Bei seim Nochfolger dr ideale Ehemo zu werda.

Audienz beim Pabscht

En onsrer Zeit isch's koi Problem
Mr ko verreisa ganz bequem -
Wo d'no willsch uff dr ganza Welt -
Mr braucht halt bloß a bißle Geld.

Em Guschtävle sei greschtes Glick
Wär halt, als guater Katholik,
A Pilgerfahrt en's scheene Rom
Zur Pabscht-Audienz en Petersdom.

Druff hot'r drei Johr g'schafft ond g'schpart
No war's so weit, zur Pilgerfahrt
Isch er mit viele andre Leit
Er hot sich donderschlächtig g'freit.

Wo er Italia hot erblickt,
Do war dr Guschtav hell entzückt.
En Rom isch jeder Schtoi Kultur
Ond do drzua no Sonne pur!

Am dritta Dag isch's no passiert -
Sia hend 'n vor dr Pabscht nagführt.
Er war em Ennerschta bewegt,
Ganz dadderig on uffgeregt.
Er muaß dia viele scheene Gschichta
Wenn 'r hoim kommt glei berichta.

Kaum isch dia Pilgerreis zu End
No isch'r zom Frisör no g'rennt.
Secht: „Karle, schneid mir meine Haar
Beim Pabscht en Rom war's wunderbar!"

Dr Karle schpottet bloß ond fragt:
„Ond ... hot der Pabscht zu dir was gsagt?"
„Ha freilich - wo i ganz befanga
Vor em Pabscht uff d'Knia ben ganga,

Hot er mir gütich d' Hand no g'hoba -
I han mein Kopf ganz diaf naboga.
No han e denkt, jetzt kommt dr Sega -
Er duat mr au sei Hand uff lega.

Er schtreichelt mitleidsvoll mei Haar,
Secht „dei Frisur isch sonderbar -
'S isch - Guschtav - wirklich erdamend!
So an Hoorschnitt isch a Send!

Dem wo dir 's Hoor so gschnitta hot,
Dem ghert doch gleich Berufsverbot!
Sag deim Frisör von mir an Gruaß
Ond daß 'r no viel lerna muaß!"

N.S.

Soweit dia Gschicht - doch au hier gilt:
Em Endeffekt war's net so wild.
Dr Guschtav ond dr Karl send Freind,
Au wenn net emmer d'Sonna scheint.

A A'zug mit 2 Hosa

Am Beginn vom Jahreslauf
Steigt dr Winterschluß-Verkauf.
Was saumäßig teuer war
Kostet a'fang Februar
Vom alta Preis bloß no an Teil. -
Kleider, A'züg send wohlfeil.

2 Wocha kauft zum halba Preis
A Jeder jetzet jeden Scheiß.
Finanziell bisch z'letschta blank,
Aber en deim Kleiderschrank
Hangt des Glomp dicht beianander, -
Dei Schrank fatzt beinah ausananander.

D'Hauptsach aber isch am End', -
Mr glaubt, so an de 50 Prozent
Des häb mr g'spart, - ond Stück für Stück,
Des zeigt mr mit viel Freud ond Glück
Freund ond Nochber o'geniert, -
Au wenn's dia gar net int'ressiert.

Au dr Gustav war voll Glück. -
Kaum kommt 'r aus em Städtle z'rück, -
Er steigt grad aus dr Stroßabah, -
No dappt 'r an sein Freind scho na.
„Stell dr vor, was i han g'macht" -
On dobei hot'r glücklich g'lacht.

„I han an A'zug kauft, -schee groß,-
Der hot sogar a zwoita Hos.
Recht preiswert on für wenig Mittel, -
Zwoi Hosa ond dr'zua an Kittel."
Dr Freind vom Gustav secht: „Gib acht, -
Den Blödsinn han i au mol g'macht.

I han an Kittel mit zwoi Hosa traga, -
Des oine -Gustav- muaß mr saga, -
Kommt bloß a bißle d'Sonna raus, -
Do schwitzsch, daß 's grad em Teifel graust.
Zwoi Hosa, -Gustav- ,isch's a Wonder? -
Do lauft dr Brüh' de Schenkel nonder!"

Geischtliches

Onser Kirch

En onsrer Pauluskirch am Ort
3 Pfarrer predigat das Wort.
Vor kurzer Zeit isch was bassiert
- I verzähl's Eich oscheniert!

En dem Kirchturm, der frisch grichtet
Hot mr Fledermäusla gsichtet.
Dr 1. Pfarrer secht : „Potz donder -
Dia schiaß i mit meim Gwehrle ronder."

No hot 'r gschossa noch ond nöcher
En's Kirchturmdächle lauter Löcher!
Dia Fledermäus hend ronderglotzt -
No hot dr 2. Pfarrer protzt:

„I fang se ei mit meine Hend!"
No isch 'r d' Stieaga nuffzuas g'rennt
Wo älle Fledermäus hend pennt.
Schnell nei en Sack on alsobald
Mit dene Fledermäus en Wald.

Am nächschta Dag em hoha Boga
Do send se wieder kirchwärts gfloga.
Schwupp - nei bis onders Kircha-Dach-
Des war a ärgerlicha Sach.

Dr 3. Pfarrer, der hot denkt:
Vielleicht hot des der Herr so g'lenkt.
Dia Viacher kriagat - Gott zom Preis
Von mir a reachta geischtlich Speis.

No isch er nuff bis onders Dach
Er war voll Eifer bei dr Sach.
Z'erscht hot'r g'songa - ond no predigt
Z'letscht war 'r selber ganz erledigt.

Ond won'r secht: „Hallelujah!" -
Do war koi Fledermaus meh da!

So leert mr manches Gotteshaus
Von Mo ond Frau ond Fledermaus!

Dr Gottesbeweis

Gar gottesfürchtig war dr Peter, –
Beim Kommiss war er Sanitäter.
„Muaß i scho diena“ hot ‘r denkt, –
„No hot’s der Herrgott halt so g’lenkt,
Daß i meine Kamerada
Medizinisch ko berata“.

Seim Spieß, dem war a Dorn em Auge, –
Peters Zuversicht ond Glaube.
Beim Dienst sagt er zu ihm voll Spott:
„Jetzt, Peter – zeig amol dein Gott!
Seht ihr den Vogel dort em Flug?“
„Jawoll!“ hot brüllt der ganze Zug.

„Jetzt gucket nuff an d’ Wolkaspitza,–
Sehn ihr en Gott dort oba sitza? –
Koi Gott isch sichtbar ond i wett
>Was mr net sieht, des gibt’s au net!<“

Dr Peter sagt no: „Mit Verlaub –
I respektier em Spieß sein Glaub.
Seht ihr onsern Spieß do steha?“
Jawoll! – Denn könnet älle seha!

„Seht ihr sei Hirn?“ so frogt dr Peter.
„Des sehn mr net!“ so schreit a jeder.
„No hot er kois.“ sagt Peter schlau. –
Druff hockt er dann 3 Tag em Bau.

Vom Pfarrer Flattich

Es wirkte einscht vor langer Zeit
Im edlen Stand der Geistlichkeit
Der Pfarrer Flattich hier em Land.
Bis heute send von ehm bekannt
Viel überlieferte Geschichta -
Ond oine will i hier berichta:

Dr Flattich war a rechter Klob,
Grondehrlich, - doch manchmal saugrob.
Au oft granatamäßig stur.
Jedoch a gläubige Natur.

Er war arg sparsam ond bescheida,
Hot absolut net könna leida
Des ganze höfische Theater
Vom Bischof ond vom Landesvater.

Zu <u>der</u> Zeit hot mr uff em Kopf
Perücka traga mit ma Zopf.
Dia ganz Perücka - Herrlichkeit,
Dia hot mr no mit Mehl bestreut.

Des hot dem Flattich gar net paßt,
Er hot verurteilt ond hot ghaßt,
Daß man das Mehl,-die Gottesgabe,-
Für so a höfisches Gehabe
Verschwendet hot ond au mißbraucht.

So ging er einstens zur Durchlaucht
Zum herzoglichen Hof-Bankett.
Von Fuß bis Scheitel zwar adrett, -
Doch fiel sogleich der strenge Blick
Des Herzogs uff sei grau Perück.

„Flattich! - Warum ohne Puder im Haar?!
Euer Verhalten befremdet und ist sonderbar."
Dr Flattich hot höflich sein Dreispitz-Hut zoga
Ond secht no zom Herzog - on'des isch net gloga:
„Durchlaucht! - I halt nex von dene Mätzle! -
Ond em übriga brauch i mei Mehl zu de Spätzle!"

Die Gschicht vom Flattich will ons wieder saga:
Mehl isch 's täglich Brot - ond ghört en dr Maga!

Des isch domm g'laufa

In Lourdes, wo scho viele Wonder sen g'scheh'-
Do hosch vorige Wocha oin romsprenga g'seh -
Uff ma Parkplatz, - do schreit'r laut nei en d'Menge,
Ond 's gibt au sofort no a riesa Gedränge. -

Er schreit unentwegt, - beinah ohne zu schnaufa:
„Jetzt leck me am Arsch - i ka wieder laufa!"
Ond nomal des gleiche: „Des isch zom Haare ausraufa,
Jetzt leck me am Arsch - i ka wieder laufa!"

A Wonder isch gscheha, des sieht jedes Kend, -
Der Kerle hopft rom, daß a jed's denkt, der spennt.
Natürlich send kurz druff au an der Stelle
Mit wallende G'wänder a paar Offizielle.

Dia frogat: „Isch bei Ehne a Wonder g'scheha,
Ond sia kennat jetzt endlich wieder geha?"
„Jo freile, - i muaß jetzt uff Schusters Rappa -
Uff meine oigene Füaß ens Schwobaland dappa.
I latsch jetzet hoim mit qualmende Sohla, -
Mir hend se nämlich mei Autole g'stohla!"

Grenz-Erfahrung

Dr Pfarrer von Sankt Barbara
Verreiste nach Italia.
Er folgte voll Begeisterung
Dem Bischof seiner Ei'ladung.

Zwoi Wocha lang war 'r en Rom,
Er sah dr Papst em Petersdom.
Ond als 's Zeit war, hoimzugeha,
Do konnt em Herza er versteha,
Daß Johann Wolfgang Goethe gar
Von sellem Land v'rzaubert war.

Jedoch, es rief dr Pfarr, den Braven
Die Pflicht zurück zu seinen Schafen.
Au ennerlich sei Herz ond Sinn
Zog ihn zu seiner Kirche hin.

Er freute sich uff seine Freunde
Ond überhaupt uff die Gemeinde,
Ond er beschloß vor älle Denga
Dr Berta ebbes mitzubrenga.

Berta, dia'm sei Haus besorgte
Ond dia en stets so treu omsorgte.
Kaffee! Den trank se älle Stond,
Und also kaufte er zwoi Pfond.

Doch leider hot 'r ganz vergessa,
Daß dia beim Zoll send so vermessa,
Zu froga, ob mr eine Gabe
Bei ehna zu verzolla habe.

Rechtzeitig hot r's no bedacht,
No hot'r folgendes gemacht:
Lenks/rechts schnell oi Pfond onder's Hemd,
Ond no dia Achsla eigeklemmt.
Dr Kaffee war am Körper dra -
Solang dia Arme laget a.

Des Zöllners Frog dia kam sogleich,
Em Pfarrer werdat d' Knia scho weich,
Ob er vielleicht in fremden Landen
Was zu verzollen häb erstanden.

„Ha freile" sprach dr Gottesma
Ond guckt dr Zöllner freundlich a.
„Was soll e lüaga, i gesteh
I han dort kauft zwoi Pfond Kaffee.
Han vor dr Grenze mi beeilt
Ond älles onder de Arme verteilt."

Dr Zöllner secht: „Gott segne Euch"
Ond lupft dr Schlagbaum nuff sogleich.
Dia Ärm am Leib wie'n Pinguin
Sah mr dr Pfarrer hoimwärts ziehn.

Herbst ond Winter

Oktober

Dr Wend hot gestern grausig blosa, -
D`Blätter tanzet über d`Strossa, -
Ond i gang tapfer, - d`Nas blau g`frora,
Ziag nuff da Kittel über d`Ohra.
Kauf schnell, was halt so kauft muaß sei,
No nix wia hoim, en d`Stuba nei.

„Saukalt isch`s heut", so han i g`stöhnt,
Mr isch`s partout no netta g`wöhnt,
Daß jetzt dr Wenter isch net weit,
Ond daß vorbei dia Sommerzeit.

I gang en`s Bett, - träum, `s wär scho Maia, -
Werd wach an meine kalte Zaia, -
No stand e halt am sechse uff, -
Ziag en dr Stub dr Lada nuff.

Blitzblank dr Hemmel, - Stern an Stern,
Dr Mond so hell wia a Latern.
Em Osta, - ganz verschwomma henta,
Seh i d`letscht Wetterwolk verschwenda.
On mir isch klar, - ganz ohne Frag, -
Des wird a wonderscheener Tag!

I trenk an Kaffee, gang uff d`Gass,
Vom Bodanebel no ganz blaß
Goht d`Sonn uff on dia Nebelschwada,
Se hanget schwer uff Wald ond Saata.

Dia Morgaluft isch klar on rein,
I spür, `s könnt nirgends schöner sein.
`S wird heller rings en Feld ond Flur,
On Leba kommt jetzt en d`Natur.

An Eichelhäher han i g`seha, -
An Bussard seine Ronda dreha, -
Doch `s Schönst, - des isch dia Farbapracht
Wo ons dr Herbst hot überbracht.

I stand, guck en mein Garta nei,
Ond seh` em Morga-Sonnaschei`, -
Rengsom war no a große Stille -
A Bluamapracht en äller Fülle.
Gelb ond rot ond weiß ond blau
Leuchtet`s henterm Gartazau.

I spür`s, bald isch vorbei dia Pracht,
Zur Ruh` kommt jetzt d` Natur ganz sacht,
Denn nur aus Sterba ond Vergeha
Ko `s Leba wieder auferstehа.

November

Wer jetzt net krank isch, - isch net g`sond,
Mr rotzt ond schneuzt, ond d`Nas isch wond.
`S wird offasichtlich jedem klar, -
Des isch dia liedrichst` Zeit vom Jahr.

Doch au viel Schön`s ka mr entdecka, -
En äller Herrgottsfrüha beim Wecka, -
Gucksch naus zom Fenster, no ko`s sei,
Du siehsch rengsom em Mondaschei`
Uff Wiesa, Felder, über`m Wald
Dr erste Rauhreif - märrakalt!

Hosch Glück, guckt aus em Laub heraus
A Igel en seim Winterhaus.
Die letschte Blätter fallet leis`
Ond uff geheimnisvolle Weis`
Wird älles ruhig, - älles still,
Ond `s Jahr kommt langsam jetzt an`s Ziel.

Au d`Leut` send nemme so am Jaga, -
Mr sieht se Bluamag`schteckla traga.
Sie gehn vor d`Gräber, faltet d`Händ,
Mr denkt an die, die nemme send.
November! - `S isch a stille Zeit, -
An Hauch von Gottes Ewigkeit.

Dezember

Wenn dr liabe lang Tag en dr Stub hosch v`rbracht, -
Weils mittags om Viere isch draussa kuhnacht.
Ond weils stürmt ond regnet ond dronternei schneit, -
No merksch, - jetzet isch`s amol wieder so weit,
`S alte Jahr goht zu End, - `s gibt sich langsam verlora.
Doch grad jetzt wird aus em Dunkel ebbas Neues gebora, -
Zum Heil von ons älle rondom uff dr Welt, -
Wirds jeden Dezember von Neuem erzählt.

Scho dr Niklaus am 6. Dezember verkündet:
„En äller Nächte wird a Lichtle a`zündet.
Schliesset uff em Advent, - Ihr Menscha, die Herza, -
Stecket a am Adventskranz vier leuchtende Kerza.
Gucket nei en de Kerza ihrn wärmenda Schei`, -
Grad so hell soll`s en eurem Leba jetzt sei. -
On des net, -weils aus jedem Radio hallt, -
On en älle Kaufhäuser seit Wocha scho schallt:
„Ihr Kinderlein kommet ond kaufet fest ei!"
Noi! - Weil dr Heiland bei ons jetzt will sei.
Vor 2000 Jahr kam `s Licht en die Welt, -
On Weihnachta isch weder Kommerz noch Geld.
`S isch viel mehr, - mr kanns bloß mit em Herza ergründa, -
On mr kanns nur em Stall dort en Bethlehem finda.

Dezember ! - On isch `s au am Viere kuhnacht, -
Hot äller Welt `s Licht, - hot `s Heil ons gebracht.

Weihnachta isch rom! - Oder?

Weihnachta isch rom ond mit oim Schlag,
Isch dr „Heilig Obend“, sen d’“Christfeiertag“
Vergangaheit! Ond ‘s Johr goht zu End.
Schneeflocka tanzet em eiskalta Wend.

I stand am Fenster, guck naus en d’Natur,
‘S isch ruhig ond still überm Wald ond dr Flur.
Goht älles jetzt weiter so wia bisher?
So, als wenn dr Heiland net komma wär?

Gedanka von mir zwischa Weihnacht - Neujahr,
Ond no denk i z’rück, wia’s früher oft war.
Als Kend han e me gfreit aus vollem Herza
Uff d’Bescherung onder de Christbaumkerza.

Han „O du fröhliche“ ond „Stille Nacht“ g’songa,
Ben glücklich ond froh en dr Stuba rom g’spronga,
Han Saitawürstla mit Kartoffelsalat g’essa,
No send mr gmütlich beinander no g’sessa
Bei Kerzaschei ond viel guate Sacha,
Dia d’Muater extra zom Christfescht hot bacha.

So war des früher - scho arg lang liegt’s z’rück,
Des weihnachtsselige Kenderglück!
Ond heut! Weihnachta isch gwä so wia eh ond jeh,
Für dia oine traurig, für andere schee.

Bei mir hot sich em Lauf der Jahre ergeba,
Ond des isch mir wichtig worda em Leba,
Daß Christi Geburt vor 2000 Jahr,
Für mi, für ons älle en Sega war!

Ond goht jetzt des alte Jahr zu End,
No gang i dankbar en d'Johreswend,
Ond voller Vertraua, weil Weihnachta war,
Ond mit Zuversicht en 's kommende Jahr.

Januar

Silvester! - Knallerei ond Jubel! -
Überall em Land isch Trubel. -
Mit Champagner, Bier ond Wei`,
So rutscht mr ens Neujahr halt nei.
Am ersta Ersta, - Stonda druff, -
Brengt mancher kaum sei Auga uff.

Natürlich, -Gott sei Dank- gibt`s au:
`S goht mancher Ma mit Kend ond Frau
Zum ersta Gottesdienst em Jahr, -
Zom Dank, daß Gott ons gnädig war,
Ond daß er weiterhin sei Erde
Behüta ond bewahra werde.

Des neue Jahr, des vor oim liegt, -
Brengt`s oim meh Sorga oder Glück?
Gibt`s Frieda uff dr ganza Welt?
Send Fraga, dia mr sich so stellt.
I denk, - mr kann mit Zuversicht, -
Im Blick zurück uff `s Weihnachtslicht
Getrost in jedes Neue Jahr,
Ond dann am 6. Januar
Mit de 3 heilge König gehn
Ond nomal vor dr Krippe stehn!

Dr Jänner isch normal saukalt
On Schnee liegt über Feld ond Wald.
Doch d`Sonna ka mr jetzet seha
Scho zemlich lang am Himmel steha.
D`Nächt wernd kürzer, -Nebelschwada
Lieget schwer uff Wies ond Saata.

D` ganz Natur, Mensch, Tier uff Erda, -
Freut sich scho uff`s neue Werda.
`S liegt scho manchmal en dr Luft
A Hauch von Frühling, - so a Duft
Der sagt, daß nach dr Winterzeit
`S Leba wieder neu gedeiht.

A jede Jahreszeit isch schee
Ganz gleich ob Sonne oder Schnee,
Ob Nebel oder Blitz ond Donder
Isch onser Welt so voller Wonder,
Om dankbar jeden Tag z`verbringa, -
So wird au `s Neue Jahr gelinga.

Februar

Em Februar isch meist lausig kalt, -
Doch `s taget en dr Früh scho bald, -
Ond irgendwia, do spüret d`Leut, -
Dr Winter isch bald Vergangaheit.

Wia gschwend kommt „Mariä Lichtmess“. -
Em Volksmund hoisst`s „bei Tag Nachtess“.
Dia Täg wern jetzet emmer länger,
Ond jetzt isch Zeit für d`Narra-Springer.

Fasnet isch`s ond `s Häs kommt raus, -
Jetzt hebt`s koin meh en seim Haus.
Von Karlsruh bis nach Konstanz na, -
Landauf, - landab! - Narri - Narra!

Mummaschanz ond Maskaträger, -
Bläser, - Pfeifer, - Trommelschläger, -
Riesaumzüg, - Maskabäll, -
Manch oiner steckt em Bärafell.

Nette Mädla, - halba nackt, -
Gschwoft wird em Dreivierteltakt. -
D`Leut send ausser Rand ond Band, -
En de Städt ond uff em Land.

Mit Rätscha ond mit Peitscha-Stecka, -
Will mr Goischt ond G`spenst verschrecka.
Mit G`schrei treibt mr dr Winter aus, -
Bis Aschermittwoch, - no isch Paus.

Vorbei isch`s mit em Narrakleid, -
Jetzt beginnt dia Faschtazeit.
No vierzig Tag bis Ostern ischt, -
Besinnungszeit für jeden Christ,
Om z`danka, wenn er dodra denkt, -
Was ons dr Herrgott damals g`schenkt.

So gibt dr Februar ons Zeit
Für Frohsinn ond au Dankbarkeit!

März

Mr isch jetzt en dr Faschta-Zeit,
Ond Ostera isch nemme weit.
Dr Winter, - den kosch jetzt vergessa,
D` Menscha send jetzt ganz versessa,
Ond jeder glotzt zum Fenster naus:
„Wann kommet endlich d` Krokus raus?!"

Mr sieht, dr Winter muss jetzt geha,
Scho d`Märza-Becher ko mr seha.
Es regt sich Leba, - ond der Schnee,
Tuat dr Natur jetzt nemme weh!

Dia Täg wer`n länger, `s isch em Werda,
Ällas neu bei ons uf Erda.
Es goht zwor uff Karfreitag zu, -
Auf Kreuz ond Leid ond ewge Ruh.
Doch Gott sei Dank woiß jeder Christ,
Daß des ganz g`wiss net `s letschte ist.

Denn dem Sterba ond Vergeha
Folgt ällaweil a Aufersteha.
`S goht emmer weiter mit dr Welt,
Ond `s Leba siegt, - alloi des zählt!

Der März zeigt des en äller Pracht,
Wenn d`Sonn allmählich wärmer lacht,
Wenn d`Wiesa werdet langsam grün,
Ond d`Bäum a`fanget wieder z`blühn.
D` Natur erwacht jetzt Schritt für Schritt -
Jetzt liegt`s an Dir! - Erwach halt mit!

Zum Schluss

Was z`viel isch, isch z`viel

Herr Direktor Doktor Knall -
Lud ein zu a ma grossa Ball.
Reich verziert die Damen kamen, -
Mit Herrn em Frack ond grosse Namen, -
Die meischte alt mit viele Falta, -
Mr hot sich glänzend onterhalta.

Em Sektkelch war des Beste nur, -
Uff Baquette lag Kaviar pur.
Die Damen zeigat Schmuck uff Haut, -
Gedämpftes Licht, - bloß ja net laut.
Gemurmel über Wirtschaftsfraga, -
Über Golf ond Luxuswaga, -
Über d`Mode, - über`s Geld
Ond die Reichen dieser Welt.

Direktor Knall konnt mr no höra -
Er sagt: „I will ganz g`wiss net störa,
Doch sag i gern euch jetzet an, -
Es singt Frau Knall, ond zwar Sopran.“

Als des passiert, war`s kurz nach neun, -
Da konnt Frau Knall au no erfreun, -
Mit ihre Lieder all die Leute, -
Die waret dankbar ihre Beute.

Doch gega elf erhob sich Klaga, -
Mr sott dr Sängerin jetzt saga, -
A guater Schluß uff alle Fälle, -
Erfreut em Saal bestimmt jetzt älle!

Ond als sie sprach: „Leiht mir das Ohr, -
Ich sing >Am Brunnen vor dem Tor<.“ -
Do rief a Gast begeistert aus:
„Gang no schnell zu dem Brunna naus!“

Waidmannsheil

Dr Förster Franz vom Silberwald
Hot gern mit seiner Büchsa knallt, -
Ond isch`r hoim no von dr Pirsch
Hockt er en „Adler“ oder „Hirsch“.

Do schmeckt em`s Bier ond au dr Wei,
Er läppert älles en sich nei. -
Wo er mol hoimfahrt en seim Balla,
Isch er dr Polizei uffgfalla.

Er stenkt nach Bier, er stenkt nach Wei, -
No war er weg - sei Führerschei!
Nach sieba Monat, welch a Fescht, -
Do muaß er zom Idiota-Tescht.

Koi rechte Antwort kann er saga
Uff dem Prüfer seine Fraga.
Doch dieser war a guater Ma, -
Er guckt den Förster freundlich a,
Ond secht: „I frog aus Wald ond Wies,
Des wisset se, i hoff`s, ganz gwiß. -
Was isch - se ganget doch uff d`Pirsch -
Dr Onterschied zwischa „Adler“ ond „Hirsch?“

Em Förster platzt vor Freud schier dr Kraga:
„Ha! Natürlich ko i dr Onterschied saga.
Em >Adler< isch am montags Ruah, -
Ond dr >Hirscha< isch am mittwochs zua!“

Wia Zuffahausa 's Schdadtrecht griagt hot

Was i verzähl, des isch fei wohr:
Es war vor über neinzich Johr,
Zur Zeit vom Daimler, Bosch ond Benz
War Schtuargert no a Residenz.

Dr Kenich Wilhelm hot sei Land
Regiert mit Güte ond Verschtand.
Des war a Mo, den hot's Volk mega,
Er war für's ganze Land a Sega.

Hot d'Sonn gscheint, no hot's könna sei,
Do isch der romdappt ganz allei.
Koi Leibgardischt ond koi James Bond
Begleitet ehn - bloß seine Hond.

„Grüß Gott, Herr Kenich“ so hent d'Leit
Ehn herzlich griaßt. Des hot'n gfreit.
Er hot sein Böller freindlich zoga -
Ja, ja - so schee isch gwä - o'gloga.

Zu dera Zeit lag no weit draussa
Ond recht verschlofa - Zuffahausa!
Vom Porsche, Heinkel ond vom Mix
Do hot mr domols gwißt no nix.

Dr Schultes war Max Gutenkunst,
A reachter Mo - war en dr Gunst
Von älle Bürger, hoch verehrt.
Bloß ebbes hot en grantig g'schtört:

Daß sei Gemeinde war no z'kloi,
Om scho a reachte Schtadt zu sei.
Zeadausend Bürger miaßt mr han,
Damit mr Schtadt sich nenna kann.

Dr Büttel hot des ganz Volk zählt,
Ond letschten Endes hent no gfehlt
Bloß siebzea Köpf! Jo heidanei!
Do muaß doch ebbes z'machet sei!

So hot'r denkt. Ond nachts em Bett
Do hot'r an Gedanka ghett:
>Beschtimmt send onderwegs no Kinder
Von meine Zuffahäuser Sünder.<

Dia wo en andre Omschtänd gwä,
Do, wo mr's scho hot kenna seh,
Dia hot mr oifach doppelt zählt.
Ond no hot endlich nix meh gfehlt.

Zom Kenich isch dr Schultes ganga
Ond moint, zom Schtadtrecht dät's jetzt langa.
Dr Wilhelm hot grad herzhaft glacht
Wia knitz der Schultes des hot gmacht.

No schrieb er uff a amtlichs Blatt:
„Ab heit isch Zuffahausa Schtadt".
Ihr liabe Leit - Was i hier gschrieba,
War anno neizeahondertsieba.

Uff dr schwäbsche Eisebah

'S sei nemme des, wia's früher war,
So wie vor siebzig, achzig Jahr.
Do war's saug'mütlich, saget d'Leut,
'S war halt die guate, alte Zeit.
'S hoißt, d'Leut dia waret bsonders froh,
I glaub des net, des scheint bloß so.
A jede Zeit brengt Glück ond Leid -
Au früher gab's net emmer Freud.

Des isch zwar wurscht en meim Gedicht,
Mir gohts jetzt oifach om a Gschicht.
Wia oft hot onser Opa glacht,
Wenn er des Gschichtle ons hot bracht.

'S liegt lang scho z'rück, wo des isch gscheha,
Jetzt passet uff, no wern 'rs seha:
Behäbig wars no bei der Bahn,
No net mit a'ma Affazahn
Fuhr mr wia heut mit dem IC,
Noi, von dr Landschaft konnt mr seh,
D' Wiesa, Bäch, 's Vieh uff dr Weide,
Wälder, Obstbäum ond 's Getreide.
D'Lokomotiv hot qualmt ond gschnaufelt,
Dr Heizer seine Kohla gschaufelt.
A Schaffner hot no 's Geld kassiert,
Dr Kondukteur hot kontrolliert.
'S hot 1. Klass bis 4. geba,
Des gibt's bis heut em Menschaleba.

A biedrer Schwob kam aus dr Stadt,
Er hockt em Zügle, müd ond matt.
Er will schnell hoim zu Weib ond Kender,
Zu seine Säu ond seine Render.

Er hot guat gvespert, er isch satt,
Sieht 's Remstal no, no wird 'r matt.

Nach Schorndorf erst do wird 'r monter,
Em Abteil hockt a Frau -potzdonder!
Dui sieht grad aus wia d'Sünd persönlich,
Sieht seiner Oigena gar net ähnlich.
Uff oin Schlag isch 'r glockawach.
Mei lieber Ma! Des isch a Sach!

Füßla wia a Reh em Wald.
Dem arme Ma wird's hoiß ond kalt.
Er stoht glei uff ond secht: „Grüß Gott,
Sia send amol a nette Grott."
Uff oimal schnuppert 'r ond denkt:
„Ha - ben des i, wo so guat stenkt?
Des ka net sei, des isch sell Weib,
Dui riacht so om dr ganze Leib."

„Sia" secht 'r „gell, des isch ihr Duft,
Der jetzt dahenn hangt en dr Luft."
„Ich denk, Sie werden es nicht kennen,
Ich will den Namen Ihnen nennen.
4711 - aus der Glockengasse,
Das duftet würzig und hat Rasse!"

„Oh laß gau! - 'S wär älles z'spät,
Wenn mei Frau so riacha dät.
Do dät mr 's Bluat en d'Adre fließa,
Do kennt mr 's Leba recht genießa."

Wie 'r so denkt ond so sinniert,
Do isch was menschlichs ihm passiert.
Mr hot's net ghört, doch en dr Luft
Verbreitet sich a andrer Duft.

Des Fräulein rümpft gewaltig d'Nas,
Dr Schwob, er schämt sich ond wird blaß.
„Wie riecht's denn hier so penetrant?
Der Duft ist mir gar nicht bekannt!"

„Des isch 12,80" secht der Schwob zu der Dame
„Ond dafür braucht's koi bsondre Reklame."
„1280? Das habe ich noch nie vernommen."
Sagt no des Fräulein und atmet beklommen.
„Ist das ein besonders herbes Odeur -
So ein landwirtschaftliches Männerflair?

1280 - was ist das für ein Geruch?"
Vor die Nas da druckt se ihr Taschentuch.
„Noi" secht do dr Schwob „12,80 isch würzig -
Des send zwoi Bohnasuppa zu 6,40."

Fazit:
Der Schwabe, - von Natur ein Denker,
Ist manchmal auch ein großer Stenker!

Das Hohenloher Wunder

Kaum, daß dr Schnee em März vergoht
Ond d'Sonn so warm am Hemmel stoht,
Kaum, daß dia Bäum ond Bluma blühn
Ond Wiesa, Wälder werdet grün,
Kaum, daß dia Baura Jauche spritzet
Ond Liebespaar en d'Bäum neiritzet:
„Ich liebe Dich - auf ewig Dein",
Ja - dann muß Frühling wieder sein.

Und dann, dann wird es Zeit zom denka,
Wohin will ich die Schritte lenka,
Wo will i des Jahr Urlaub bucha,
Erholung, Glück und Freude sucha.

Wo isch schee Wetter, nette Leut,
Wenn i no wißt, wo han i Freud
In dem Jahr, - en dr Urlaubszeit.
Gang i en d'Berg, - gang i an 's Meer!
Die Wahl, die fällt saumäßig schwer.

So isch des au bei mir passiert,
I han bloß no Prospekt studiert,
Mei Nerva hen scho leicht vibriert.
Em Traum war i uff Helgoland -
Ond kurz darauf em Wüstensand.

Nachts ben i uffgwacht - naß von Schweiß,
Z'letscht han i denkt: „Noi, so an Scheiß,
Jetzt isch mr's z'domm - i bsuch Verwandte,
Ond bleib bei ons em Schwabenlande.
Em Hohenlohischa bei Hall
Bsuch i mein Vetter Knall uff Fall."

I ben dort na - mit Frau ond Kend!
Vom Hemmel do hot d'Sonn ra'brennt.
Dort zwischa Jagst ond Kocher dronta -
Do han i kaum des Dörfle gfonda.

Mei Vetter, wo der ons hat g'seha,
Da war der grad beim Wiesle mäha.
Moi, der hot glotzt, - em hoha Boga,
Isch d'Pfeif dem aus dr Gosch rausgfloga.
Sei Kinn klappt uff ond wieder zua,
Der hot ons a'gschtiert wia a Kua.

I sag ganz höflich: „Guten Tag! -
Bevor di vollends trifft dr Schlag,
Sag i dir glei, - on 's isch verschprocha,
Mir gangat wieder en vier Wocha."

Mei Vetter brommt a bissle barsch
So ähnlich wia: „Leck mi am Arsch",
I woiß bis heit no net so recht,
War sei Willkommensfreude echt?

Egal, - mir send ens Haus neikomma,
Hent a klois Zemmerle bekomma,
Zwoi Betta - ond wia sich des ghört,
Daß en dr Nacht mr niemand stört,
Stand - wo der Mann tut schlafen
Aus Porzellan en großer Hafen.

Bei so viel Liebe von dem Vetter
Und bei dem schönen Sommerwetter,
Da trieb es mich, ihm beizustehn.
So ging ich morgens früh um zehn
Zum Vetter - in die Landwirtschaft.
Ich war so voller Manneskraft.

Ich wollte mähen oder säen,
Als Landmann über Felder gehen.
Mein Herz war angefüllt mit Freude,
So kam ich endlich hin zur Weide.

O großes Glück! - Mein Herz wurd weit.
Es war wie in der Kinderzeit.
Kälber - Küh - a ganze Herde
Ond dr'bei au a paar Pferde.
O wia war des wunderschee!
Ällas des han i jetzt gseh!

Zom Vetter gang i voller Freud
Ond sag: „I glaub, s'isch jetzet Zeit,
I helf dir, ben i 's au net gwohnt,
Bloß woiß i net, ob sich's no lohnt,

Daß i no vor em Essa helf,
Womöglich isch es scho nach elf.
Am Zwölfe, - des derfsch net vergessa,
Do will i wieder Mittagessa."

Dr Vetter guckt mir ruhig zua
No lupft 'r 's Euter von ra Kua,
Guckt kurz ond secht: „Du kasch ruhig helfa,
Jetzt isch no net amol halb elfa."

I glaub, i mach a saudomms Gsicht,
Der kennt jo d'Uhrzeit am Gewicht.
Der lupft bloß 's Euter, guckt gschwend no,
No secht er dir scho d'Uhrzeit a.
Voll Achtung sag i: „Des send Sacha,
Jetzt sag mr bloß, wia duasch des macha."

„Komm her zur Kua ond bück de nonder,
No zeig i dir des Uhra-Wonder.
Lupf's Euter nuff, glotz durch ond staun.
Was siehsch dort henterm Weidezaun?“
Vom Wunder weit ond breit koi Spur! -
I guck genau uff d Kirchturm- Uhr.

Ja! - So isch 's oft em Menschaleba,
Du moinsch, a Wunder dädscht erleba.
Kurz aber isch die Illusion!
Sie platzt ! - peng - wia a Luftballon !